백록담

정지용 지음

한국 시집 초간본 100주년 기념판 — 하늘

백록담

일러두기

1. 이 책의 텍스트는 1941년 9월 15일에 발행된 『백록담』의 초간본이다.
2. 표기는 원칙적으로 현행 맞춤법에 따랐다. 그러나 특별한 시적 효과와 관련된다고 판단되는 경우는 원문의 표기를 그대로 두었다.
3. 한자는 한글로 고치되, 꼭 필요한 경우는 괄호 처리 하였다.
4. 편자 주는 후주로 처리하였다.
5. 한 편의 시가 다음 면으로 이어질 때 연이 나뉘면 첫 번째 행 상단에 줄 비움 기호(>)를 넣어 구분하였다.

I

II

III

I

장수산 1

벌목정정(伐木丁丁)이랬거니 아름드리 큰 솔이 베어짐 직도 하이 골이 울어 메아리 소리 쩌르렁 돌아옴 직도 하이 다람쥐도 좇지 않고 멧새도 울지 않아 깊은 산 고요가 차라리 뼈를 저리는데 눈과 밤이 종이보다 희고녀! 달도 보름을 기다려 흰 뜻은 한밤 이 골을 걸음이련다? 윗절 중이 여섯 판에 여섯 번 지고 웃고 올라간 뒤 조찰히 늙은 사나이의 남긴 내새를 줍는다? 시름은 바람도 일지 않는 고요에 심히 흔들리노니 오오 견디련다 차고 올연(兀然)히 슬픔도 꿈도 없이 장수산(長壽山) 속 겨울 한밤내 —

장수산2

풀도 떨지 않는 돌산이오　돌도 한 덩이로　열두 골을 굽이굽이 돌았어라　찬 하늘이 골마다 따로 씌었고　얼음이 굳이 얼어　디딤돌이 믿음직하이　꿩이 기고 곰이 밟은 자국에　나의 발도 놓이노니　물소리　귀뚜리처럼 즐즐(唧唧)하놋다　필락 말락 하는 햇살에　눈 위에 눈이 가리어 앉다　흰 시울 아래 흰 시울이　눌리어 숨쉰다　온 산중 내려앉는 휙진* 시울들이　다치지 않이!　나도 내던져 앉다　일찍이 진달래 꽃그림자에 붉었던　절벽 보이한* 자리 위에!

백록담

1

절정에 가까울수록 뻐꾹채 꽃키가 점점 소모된다. 한 마루 오르면 허리가 스러지고 다시 한 마루 위에서 모가지가 없고 나중에는 얼굴만 갸웃 내다본다. 화문(花紋)처럼 판박힌다. 바람이 차기가 함경도 끝과 맞서는 데서 뻐꾹채 키는 아주 없어지고도 팔월 한 철엔 흩어진 성신(星辰)처럼 난만하다. 산그림자 어둑어둑하면 그러지 않아도 뻐꾹채 꽃밭에서 별들이 켜든다. 제자리에서 별이 옮긴다. 나는 여기서 기진했다.

2

암고란(巖高蘭),* 환약(丸藥)같이 어여쁜 열매로 목을 축이고 살아 일어섰다.

3

백화(白樺) 옆에서 백화가 촉루(髑髏)가 되기까지 산다.
내가 죽어 백화처럼 흴 것이 흉없지 않다.

4

귀신도 쓸쓸하여 살지 않는 한 모롱이, 도깨비꽃이 낮에도 혼자 무서워 파랗게 질린다.

5

바야흐로 해발 육천 척 위에서 마소가 사람을 대수롭게 아니 여기고 산다. 말이 말끼리 소가 소끼리, 망아지가 어미소를 송아지가 어미말을 따르다가 이내 헤어진다.

6

첫 새끼를 낳느라고 암소가 몹시 혼이 났다. 얼결에 산길 백 리를 돌아 서귀포로 달아났다. 물도 마르기 전에 어미를 여읜 송아지는 움매 — 움매 — 울었다. 말을 보고도 등산객을 보고도 마구 매어달렸다. 우리 새끼들도 모색(毛色)이 다른 어미한테 맡길 것을 나는 울었다.

7

풍란(風蘭)이 풍기는 향기, 꾀꼬리 서로 부르는 소리, 제주 휘파람새 휘파람 부는 소리, 돌에 물이 따로 구르는 소리, 먼 데서 바다가 구길 때 솨 — 솨 — 솔소리, 물푸레 동백 떡갈나무 속에서 나는 길을 잘못 들었다가 다시 칡넝쿨 기어간 흰돌박이 고부랑길로 나섰다. 문득 마주친 아롱점말이 피하지 않는다.

8

고비 고사리 더덕순 도라지꽃 취 삿갓나물 대풀 석이(石相)* 별과 같은 방울을 단 고산식물을 삭이며 취(醉)하며 자며 한다. 백록담 조찰한 물을 그리어 산맥 위에서 짓는 행렬이 구름보다 장엄하다. 소나기 놋날* 맞으며 무지개에 말리며 궁둥이에 꽃물 이겨 붙인 채로 살이 붓는다.

9

가재도 기지 않는 백록담 푸른 물에 하늘이 돈다. 불구에 가깝도록 고단한 나의 다리를 돌아 소가 갔다. 좇겨온 실구름 일말(一抹)에도 백록담은 흐려진다. 나의 얼굴에 한 나절 포갠 백록담은 쓸쓸하다. 나는 깨다 졸다 기도조차 잊었더니라.

비로봉

담장이
물들고,

다람쥐 꼬리
숱이 짙다.

산맥 위의
가을길 —

이마 바르히
해도 향기로워

지팡이
잦은 맞음*

흰 돌이
우놋다.

>

백화(白樺) 홀홀
허울 벗고,

꽃 옆에 자고
이는 구름,

바람에
아시우다.

구성동(九城洞)

골짝에는 흔히
유성이 묻힌다.

황혼에
누리*가 소란히 쌓이기도 하고,

꽃도
귀향 사는 곳,

절터였더랬는데
바람도 모이지 않고

산그림자 설핏하면
사슴이 일어나 등을 넘어간다.

옥류동(玉流洞)

골에 하늘이
따로 트이고,

폭포 소리 하잔히
봄우레를 울다.

날가지* 겹겹이
모란꽃잎 포개는 듯.

자위 돌아 사폿 질 듯
위태로이 솟은 봉오리들.

골이 속 속 접히어 들어
이내[晴嵐]가 새포롬 서그럭거리는 숫도림.*

꽃가루 묻힌 양 날아올라
나래 떠는 해.

>

보랏빛 햇살이
폭(幅) 지어 비껴 걸치매,

기슭에 약초들의
소란한 호흡!

들새도 날아들지 않고
신비가 한껏 저자 선 한낮.

물도 젖어지지 않아
흰 돌 위에 따로 구르고,

다가 스미는 향기에
길초마다 옷깃이 매워라.

귀뚜리도
흠식한 양

>

옴짓

아니한다.

조찬(朝餐)

햇살 피어
이윽한 후,

머흘 머흘
골을 옮기는 구름.

길경(桔梗) 꽃봉오리
흔들려 씻기고.

차돌부리
촉 촉 죽순 돋듯.

물소리에
이가 시리다.

앉음새 가리어
양지쪽에 쪼그리고,

>

서러운 새 되어
흰 밥알을 쪼다.

비

돌에
그늘이 차고,

따로 몰리는
소소리 바람.

앞서거니 하여
꼬리 치날리어 세우고,

종종 다리 까칠한
산새 걸음걸이.

여울 지어
수척한 흰 물살,

갈갈이
손가락 펴고.

>

멎은 듯
새삼 돋는 빗낱

붉은 잎 잎
소란히 밟고 간다.

인동차(忍冬茶)

노주인의 장벽(腸壁)에
무시로 인동(忍冬) 삼긴 물이 내린다.

자작나무 덩그럭 불이
도로 피어 붉고,

구석에 그늘 지어
무가 순 돋아 파릇하고,

흙냄새 훈훈히 김도 서리다가
바깥 풍설(風雪) 소리에 잠착하다.*

산중에 책력(冊曆)도 없이
삼동이 하이얗다.

붉은 손

어깨가 둥글고
머릿단이 칠칠히,
산에서 자라거니
이마가 알빛같이 희다.

검은 버선에 흰 볼을 받아 신고
산과일처럼 얼어 붉은 손,
길 눈을 헤쳐
돌 틈에 트인 물을 따내다.

한 줄기 푸른 연기 올라
지붕도 햇살에 붉어 다사롭고,
처녀는 눈 속에서 다시
벽오동 중허리 파릇한 냄새가 난다.

수줍어 돌아앉고, 철 아닌 나그네 되어,
서려 오르는 김에 낯을 비추며
돌 틈에 이상하기 하늘 같은 샘물을 기웃거리다.

꽃과 벗

석벽(石壁) 깎아지른
안돌이 지돌이,*
한나절 기고 돌았기
이제 다시 아슬아슬하구나.

일곱 걸음 안에
벗은, 호흡이 모자라
바위 잡고 쉬며 쉬며 오를 제,
산꽃을 따,
나의 머리며 옷깃을 꾸미기에,
오히려 바빴다.

나는 번인(蕃人)처럼 붉은 꽃을 쓰고,
약하여 다시 위엄스런 벗을
산길에 따르기 한결 즐거웠다.

새소리 끊인 곳,

흰 돌 이마에 휘돌아 서는 다람쥐 꼬리로
가을이 짙음을 보았고,

가까운 듯 폭포가 하잔히 울고,
메아리 소리 속에
돌아져 오는
벗의 부름이 더욱 고왔다.

삽시 엄습해 오는
빗낱을 피하여,
짐승이 버리고 간 석굴을 찾아들어,
우리는 떨며 주림을 의논하였다.

백화(白樺) 가지 건너
짙푸르러 찡그린 먼 물이 오르자,
꼬리같이 붉은 해가 잠기고,

>

이제 별과 꽃 사이
길이 끊어진 곳에
불을 피고 누웠다.

낙타털 케트에
구긴 채
벗은 이내 나비같이 잠들고,

높이 구름 위에 올라,
나룻이 잡힌 벗이 도리어
아내같이 예쁘기에,
눈 뜨고 지키기 싫지 않았다.

폭포

산골에서 자란 물도
돌베람빡* 낭떠러지에서 겁이 났다.

눈덩이 옆에서 졸다가
꽃나무 아래로 우정 돌아

가재가 기는 골짝
조그만 하늘이 갑갑했다.

갑자기 호수워지려니*
마음 조일밖에.

흰 발톱 갈갈이
앙징스레도 할퀸다.

어쨌든 너무 재재거린다.
내려질리자 쫄삣 물도 단번에 감수했다.

>

심심산천에 고사리밥
모조리 졸린 날

송홧가루
노랗게 날리네.

산수 따라온 신혼 한 쌍
앵두같이 상기했다.

돌부리 뾰죽뾰죽 무척 고부라진 길이
아기자기 좋아라 왔지!

하인리히 하이네 적부터
동그란 오오 나의 태양도

겨우 끼리끼리의 발꿈치를
조롱조롱 한나절 따라왔다.

>

산간에 폭포수는 암만해도 무서워서

기염기염 기며 내린다.

온정(溫井)

그대 함께 한나절 벗어나온 그 머흔 골짜기　　이제 바람이 차지한다　　앞 나무의 곱은 가지에 걸리어 바람 부는가 하니　　창을 바로 치놓다　　밤 이윽자* 화롯불 아쉬워지고　　촛불도 추위 타는 양 눈썹 아사리느니　　나의 눈동자 한밤에 푸르러 누운 나를 지킨다　　푼푼한 그대 말씨 나를 이내 잠들이고 옮기셨다　　조찰한 베개로 그대 예시니　　내사 나의 슬기와 외롬을 새로 고를밖에!　　땅을 쪼개고 솟아 고이는 태고로 하냥 더운물　　어둠 속에 홀로 지적거리고　　성긴 눈이 별도 없는 거리에 날리어라.

삽사리

그날 밤 그대의 밤을 지키던 삽사리 괴임 직도 하이 짙은 울 가시사립 굳이 닫히었거니   덧문이요 미닫이요 안의 또 촛불 고요히 돌아 환히 새우었거니   눈이 치로 쌓인 고삿길 인기척도 아니 하였거니   무엇에 후젓하던 맘 못 놓이길래 그리 짖었더라니   얼음 아래로 잔돌 사이 뚫느라 죄죄대던 개울 물소리 기어들세라   큰 봉을 돌아 둥그레 둥긋이 넘쳐 오던 이윽달도 선뜻 내려설세라 이저리 서대던 것이러냐   삽사리 그리 굶 직도 하이 내사 그댈 새레 그대 것엔들 닿을 법도 하리   삽사리 짖다 이내 허울한 나룻 도사리고   그대 벗으신 고운 신이마 위하며* 자더니라.

나비

시키지 않은 일이 서둘러 하고 싶기에　　난로에 싱싱한 물푸레 갈아 지피고　　등피(燈皮) 호 호 닦아 끼워 심지 튀기니　　불꽃이 새록 돋다　　미리 떼고 걸고 보니 캘린더 이튿날 날짜가 미리 붉다　　이제 차츰 밟고 넘을 다람쥐 등솔기같이 구부레 벋어나갈 연봉(連峯) 산맥 길 위에 아슬한 가을 하늘이여　　초침 소리 유달리 뚝닥거리는 낙엽 벗은 산장 밤　　창유리까지에 구름이 드뉘니 후 두두 두 낙수(落水) 짓는 소리　　크기 손바닥만 한 어인 나비가 따악 붙어 들여다본다　　가엾어라 열리지 않는 창 주먹 쥐어 징징 치니 날 기식(氣息)도 없이 네 벽이 도리어 날개와 떤다　　해발 오천 척 위에 떠도는 한 조각 비 맞은 환상　　호흡하느라 서툴리 붙어 있는 이 자재화(自在畵) 한 폭은 활활 불 피어 담기어 있는 이상스런 계절이 몹시 부럽다　　날개가 찢어진 채　　검은 눈을 잔나비처럼 뜨지나 않을까 무서워라　　구름이 다시 유리에 바위처럼 부서지며　　별도 휩쓸려 내려가 산 아래 어느 마을 위에 총총하뇨　　백화숲 희부옇게 어정거리는 절정　　부유스름하기 황혼 같은 밤.

진달래

한 골에서 비를 보고　한 골에서 바람을 보다　한 골에 그늘 딴 골에 양지　따로따로 갈아 밝다　무지개 햇살에 빗걸린 골　산벌 떼 두름박 지어　위잉위잉 두르는 골　잡목 수풀 누릇불긋 어우러진 속에 감추여 낮잠 드신 칡범 냄새 가장자리를 돌아　어마어마 기어 살아 나온 골　상봉(上峯)에 올라 별보다 깨끗한 돌을 드니 백화가지 위에 하도 푸른 하늘…… 포르르 팔매…… 온 산중 홍엽이 수런수런거린다　아랫절 불 켜지 않은 장방에 들어 목침을 달구어 발바닥 꼬리를 슴슴 지지며　그제사 범의 욕을 그놈 저놈 하고 이내 누웠다　바로 머리맡에 물소리 흘리며 어느 한 골로 빠져나가다가　난데없는 철 아닌 진달래 꽃사태를 만나　나는 만신(萬身)을 붉히고 서다.

호랑나비

화구를 메고 산을 첩첩 들어간 후　이내 종적이 묘연하다　단풍이 이울고　봉마다 찡그리고 눈이 날고 영(嶺) 위에 매점은 덧문 속문이 닫히고　삼동내 열리지 않았다　해를 넘어 봄이 짙도록　눈이 처마와 키가 같았다　대폭(大幅) 캔버스 위에는 목화송이 같은 한 떨기 지난해 흰 구름이 새로 미끄러지고　폭포 소리 차츰 불고 푸른 하늘 되돌아서 오건만　구두와 안신이 나란히 놓인 채 연애가 비린내를 풍기기 시작했다　그날 밤 집집 들창마다 석간(夕刊)에 비린내가 끼치었다　박다(博多) 태생 수수한 과부 흰 얼굴이사　회양(淮陽)* 고성(高城) 사람들끼리에도 익었건만　매점 바깥 주인 된 화가는 이름조차 없고 송홧가루 노랗고　뻑 뻐꾹 고비 고사리 고부라지고　호랑나비 쌍을 지어 훨훨 청산을 넘고.

예장(禮裝)

모닝코트에 예장을 갖추고　대만물상(大萬物相)에 들어간 한 장년 신사가 있었다　구만물(舊萬物) 위에서 아래로 내려 뛰었다　웃저고리는 내려가다가 중간 솔가지에 걸리어 벗겨진 채　와이셔츠 바람에 넥타이가 다칠세라 납죽이 업드렸다　한겨울내 흰 손바닥 같은 눈이 내려와 덮어 주곤 주곤 하였다　장년이 생각하기를 〈숨도 아예 쉬지 않아야 춥지 않으리라〉고　주검다운 의식(儀式)을 갖추어 삼동내 부복(俯伏)하였다　눈도 희기가 겹겹이 예장같이　봄이 짙어서 사라지다.

II

선취(船醉)

해협이 일어서기로만 하니깐
배가 한사코 기어오르다 미끄러지곤 한다.

괴롬이란 참지 않아도 겪어지는 것이
주검이란 죽을 수 있는 것같이.

뇌수가 튀어나오려고 지긋지긋 견딘다.
꼬꼬댁 소리도 할 수 없이

얼빠진 장닭처럼 건들거리며 나가니
갑판은 거북등처럼 뚫고 나가는데 해협이 업히려고만 한다.

젊은 선원이 숫제 하모니카를 불고 섰다.
바다의 삼림에서 태풍이나 만나야 감상(感傷)할 수 있다는 듯이

>

암만 가려 디딘대도 해협은 자꾸 꺼져 들어간다.
수평선이 없어진 날 단말마의 신혼여행이여!

오직 한낱 의무를 찾아내어 그의 선실로 옮기다.
기도도 허락되지 않는 연옥에서 심방(尋訪)하려고

계단을 내리려니깐
계단이 올라온다.

도어를 부둥켜안고 기억할 수 없다.
하늘이 죄어들어 나의 심장을 짜느라고

영양(令孃)은 고독도 아닌 슬픔도 아닌
올빼미 같은 눈을 하고 체모에 기고 있다.

애련을 베풀까 하면
즉시 구토가 재촉된다.

>

연락선에는 일체로 간호가 없다.
징을 치고 뚜우뚜우 부는 외에

우리들의 짐짝 트렁크에 이마를 대고
여덟 시간 내 간구하고 또 울었다.

유선애상(流線哀傷)

생김생김이 피아노보다 낫다.
얼마나 뛰어난 연미복 맵시냐.

산뜻한 이 신사를 아스팔트 위로 곤돌라인 듯
몰고들 다니길래 하도 딱하길래 하루 청해 왔다.

손에 맞는 품이 길이 아주 들었다.
열고 보니 허술히도 반음 키가 하나 남았더라.

줄창 연습을 시켜도 이건 철로 판에서 밴 소리로구나.
무대로 내보낼 생각을 아예 아니 했다.

애초 달랑거리는 버릇 때문에 궂은 날 막 잡아 부렸다.
함초롬 젖어 새초롬하기는 새레 회회 떨어 다듬고 나선다.

대체 슬퍼하는 때는 언제길래

아장아장 팩팩거리기가 위주냐.

허리가 모조리 가느래지도록 슬픈 행렬에 끼어
아주 천연스레 굴던 게 옆으로 솔쳐나자—

춘천 삼백 리 벼룻길을 냅다 뽑는데
그런 상장(喪章)을 두른 표정은 그만하겠다고 꽥—꽥—

몇 킬로 휘달리고 나서 거북처럼 흥분한다.
징징거리는 신경(神經) 방석 위에 소스듬 이대로 견딜 밖에.

쌩쌩히 날아오는 풍경들을 뺨으로 헤치며
내처 살폿 엉긴 꿈을 깨어 진저리를 쳤다.

어느 화원으로 꾀어내어 바늘로 찔렀더니만
그만 호접(胡蝶)같이 죽더라.

III

춘설(春雪)

문 열자 선뜻!
먼 산이 이마에 차라.

우수절(雨水節) 들어
바로 초하루 아침,

새삼스레 눈이 덮인 묏부리와
서느럽고 빛난 이마받이하다.

얼음 금 가고 바람 새로 따르거니
흰 옷고름 절로 향기로워라.

옹숭거리고 살아난 양이
아아 꿈같기에 설어라.

미나리 파릇한 새순 돋고
옴짓 아니 하던 고기입이 오물거리는,

>

꽃 피기 전 철 아닌 눈에
핫옷 벗고 도로 춥고 싶어라.

소곡(小曲)

물새도 잠들어 깃을 사리는
이 아닌 밤에,

명수대(明水臺) 바위틈 진달래꽃
어쩌면 타는 듯 붉으뇨.

오는 물, 기는 물,
내처 보내고, 헤어질 물

바람이사 애초 못 믿을손,
입 맞추곤 이내 옮겨 가네.

해마다 제철이면
한 등걸에 핀다기로서니,

들새도 날아와
애닯다 눈물짓는 아침엔,

>

이울어 하롱하롱 지는 꽃잎,
쉽지 않으랴, 푸른 물에 실려 가기,

아깝고야, 아기자기
한창인 이 봄밤을,

촛불 켜 들고 밝히소.
아니 붉고 어쩌료.

IV

파라솔

연잎에서 연잎내가 나듯이
그는 연잎 냄새가 난다.

해협을 넘어 옮겨다 심어도
푸르리라, 해협이 푸르듯이.

불시로 상기되는 뺨이
성이 가시다, 꽃이 스스로 괴롭듯.

눈물을 오래 어리지 않는다.
윤전기 앞에서 천사처럼 바쁘다.

붉은 장미 한 가지 고르기를 평생 삼가리,
대개 흰 나리꽃으로 선사한다.

원래 벽찬 호수에 날아들었던 것이라
어차피 헤기는 헤어 나간다.

>

학예회 마지막 무대에서
자폭(自爆)스런 백조인 양 홍청거렸다.

부끄럽기도 하나 잘 먹는다
끔찍한 비프스테이크 같은 것도!

오피스의 피로에
태엽처럼 풀려 왔다.

램프에 갓을 씌우자
도어를 안으로 잠갔다.

기도와 수면(睡眠)의 내용을 알 길이 없다.
포효하는 검은 밤, 그는 조란(鳥卵)처럼 희다.

구기어지는 것 젖는 것이
아주 싫다.

>

파라솔같이 차곡 접히기만 하는 것은
언제든지 파라솔같이 펴기 위하여 —

별

창을 열고 눕다.
창을 열어야 하늘이 들어오기에.

벗었던 안경을 다시 쓰다.
일식이 개고 난 날 밤 별이 더욱 푸르다.

별을 잔치하는 밤
흰옷과 흰 자리로 단속하다.

세상에 아내와 사랑이란
별에서 치면 지저분한 보금자리.

돌아누워 별에서 별까지
해도(海圖) 없이 항해하다.

별도 포기 포기 솟았기에
그중 하나는 더 지고

>

하나는 갓 낳은 양
여릿여릿 빛나고

하나는 발열하여
붉고 떨고

바람엔 별도 쓸리다
회회 돌아 살아나는 촛불!

찬물에 씻기어
사금(砂金)을 흘리는 은하!

마스트 아래로 섬들이 항시 달려왔었고
별들은 우리 눈썹 기슭에 아스름 항구가 그립다.

대웅성좌(大熊星座)가
기웃이 도는데!

>

청려(淸麗)한 하늘의 비극에
우리는 숨소리까지 삼가다.

이유는 저 세상에 있을지도 몰라
우리는 저마다 눈 감기 싫은 밤이 있다.

잠재기 노래 없이도
잠이 들다.

슬픈 우상

이 밤에 안식하시옵니까.

내가 홀로 속엣소리로 그대의 기거를 문의할삼아도 어찌 홀한 말로 붙일 법도 한 일이오니까.

무슨 말씀으로나 좀 더 높일 만한 좀 더 그대께 마땅한 어사(言辭)가 없사오리까.

눈 감고 자는 비둘기보다도, 꽃 그림자 옮기는 겨를에 여미며 자는 꽃봉오리보다도, 어여삐 자시올 그대여!

그대의 눈을 들어 풀이하오리까.

속속들이 맑고 푸른 호수가 한 쌍.

밤은 함폭 그대의 호수에 깃들이기 위하여 있는 것이오리까.

내가 감히 금성 노릇 하여 그대의 호수에 잠길 법도 한 일이오리까.

>

단정히 여미신 입술, 오오, 나의 예(禮)가 혹시 흐트러질까 하여 다시 가다듬고 풀이하겠나이다.

여러 가지 연유가 있사오나 마침내 그대를 암표범처럼 두렵고 엄위(嚴威)롭게 우러르는 까닭은 거기 있나이다.

아직 남의 자취가 놓이지 못한, 아직도 오를 성봉(聖峯)이 남아 있을 양이면, 오직 하나일 그대의 눈[雪]에 더 희신 코, 그러기에 불행하시게도 계절이 난만할지라도 항시 고산식물의 향기 외에 맡으시지 아니하시옵니다.

경건히도 조심조심히 그대의 이마를 우러르고 다시 뺨을 지나 그대의 흑단빛 머리에 겨우겨우 숨으신 그대의 귀에 이르겠나이다.

희랍에도 이오니아 바닷가에서 본 적도 한 조개껍질, 항시 듣기 위한 자세이었으나 무엇을 들음인지 알 리 없는 것이었나이다.

기름같이 잠잠한 바다, 아주 푸른 하늘, 갈매기가 앉아도 알 수 없이 흰 모래, 거기 아무것도 들릴 것을 찾지 못한 적에 조개껍질은 한결로 듣는 귀를 잠착히 열고 있기에 나는 그때부터 아주 외로운 나그네인 것을 깨달았나이다.

마침내 이 세계는 빈 껍질에 지나지 아니한 것이, 하늘이 씌우고 바다가 돌고 하기로서니 그것은 결국 딴 세계의 껍질에 지나지 아니하였습니다.

조개껍질이 잠착히 듣는 것이 실로 다른 세계의 것이었음에 틀림없었거니와 내가 어찌 서럽게 돌아서지 아니할 수 있었겠습니까.

바람소리도 아무 뜻을 이루지 못하고 그저 겨우 어룰한 소리로 떠돌아다닐 뿐이었습니다.

>

그대의 귀에 가까이 내가 방황할 때 나는 그저 외로이 사라질 나그네에 지나지 아니하옵니다.

그대의 귀는 이 밤에도 다만 듣기 위한 맵시로만 열리어 계시기에!

이 소란한 세상에서도 그대의 귓기슭을 둘러 다만 주검같이 고요한 이오니아 바다를 보았음이로소이다.

이제 다시 그대의 깊고 깊으신 안으로 감히 들겠나이다.

심수한 바다 속속에 온갖 신비로운 산호를 간직하듯이 그대의 안에 가지가지 귀하고 보배로운 것이 갖추어 계십니다.

먼저 놀라운 일은 어쩌면 그렇게 속속들이 좋은 것을 지니고 계신 것이옵니까.

심장, 얼마나 진기한 것이옵니까.

명장(名匠) 희랍의 손으로 탄생한 불세출의 걸작인 뮤즈

로도 이 심장을 차지 못하고 나온 탓으로 마침내 미술관에서 슬픈 세월을 보내고 마는 것이겠는데 어쩌면 이러한 것을 가지신 것이옵니까.

생명의 성화(聖火)를 끊임없이 나르는 백금보다도 값진 도가니인가 하오면 하늘과 땅의 유구한 전통인 사랑을 모시는 성전인가 하옵니다.

빛이 항시 농염하게 붉으신 것이 그러한 증좌로소이다.

그러나 간혹 그대가 세상에 향하사 창을 여실 때 심장은 수치를 느끼시기 가장 쉽기에 영영 안에 숨어 버리신 것이로소이다.

그 외에 폐는 얼마나 화려하고 신선한 것이오며 간과 담(膽)은 얼마나 요염하고 심각하신 것이옵니까.

그러나 이들을 지나치게 빛깔로 의논할 수 없는 일이옵니다.

>

그 외에 그윽한 골 안에 흐르는 시내요 신비한 강으로 풀이할 것도 있으시오나 대강 섭렵하여 지나옵고,

해가 솟는 듯 달이 뜨는 듯 옥토끼가 조는 듯 뛰는 듯 미묘한 신축과 만곡(彎曲)을 가진 작은 언덕으로 비유할 것도 둘이 있으십니다.

이러이러하게 그대를 풀이하는 동안에 나는 미궁에 든 낯선 나그네와 같이 그만 길을 잃고 헤매겠나이다.

그러나 그대는 이미 모이시고 옴치시고 마련되시고 배치와 균형이 완전하신 한 덩이로 계시어 상아와 같은 손을 여미시고 발을 고귀하게 포개시고 계시지 않습니까.

그리고 지혜와 기도와 호흡으로 순수하게 통일하셨나이다.

그러나 완미(完美)하신 그대를 풀이하올 때 그대의 위

치와 주위를 또한 반성치 아니할 수 없나이다.

거듭 말씀이 번거러우나 원래 이 세상은 빈 껍질같이 허탄하온데 그중에도 어찌하사 고독의 성사(城舍)를 차정(差定)하여 계신 것이옵니까.

그러고도 다시 명철한 비애로 방석을 삼아 누워 계신 것이옵니까.

이것이 나로는 매우 슬픈 일이기에 한밤에 짖지도 못하올 암담한 삽살개와 같이 창백한 찬 달과 함께 그대의 고독한 성사를 돌고 돌아 수직(守直)하고 탄식하나이다.

불길한 예감에 떨고 있노니 그대의 사랑과 고독과 정진(精進)으로 인하여 그대는 그대의 온갖 미와 덕과 화려한 사지(四肢)에서, 오오,

그대의 전아(典雅) 찬란한 괴체(塊體)에서 탈각하시어 따로 따기실 아침이 머지않아 올까 하옵니다.

>

그날 아침에도 그대의 귀는 이오니아 바닷가의 흰 조개 껍질같이 역시 듣는 맵시로만 열고 계시겠습니까.

흰 나리꽃으로 마지막 장식을 하여 드리고 나도 이 이오니아 바닷가를 떠나겠습니다.

V

이목구비

사나운 짐승일수록 코로 맡는 힘이 날카로워 우리가 아무런 냄새도 찾아내지 못할 적에도 셰퍼드란 놈은 별안간 씩씩거리며 제 꼬리를 제가 물고 뺑뺑이를 치다시피 하며 땅을 호비어 파며 짖으며 달리며 하는 꼴을 보면 워낙 길든 짐승일지라도 지겹고 무서운 생각이 든다. 이상스럽게는 눈에 보이지 아니하는 도적을 맡아 내는 것이다. 설령 도적이기로서니 도적놈 냄새가 따로 있을 게야 있느냐 말이다. 딴 골목에서 저 홀로 꼬리를 치는 암놈의 냄새를 만나도 보기 전에 맡아 내며 설레고 낑낑거린다면 그것은 혹시 몰라 그럴싸한 일이니 견주어 말하기에 예(禮)답지 못하나마 사람끼리에도 그만한 후각은 설명할 수 있지 아니한가. 도적이나 범죄자의 냄새란 대체 어떠한 것일까. 사람이 죄로 인하여 육신이 영향을 입는다는 것은 체온이나 혈압이나 혹은 신경 작용이나 심리 현상으로 세밀한 의논을 할 수 있을 것이나 직접 농후한 악취를 발한대서야 견딜 수 있는 일이냐 말이다. 예전 성인의 말씀에 죄악을 범한 자의 영혼은 문둥병자의 육체와 같이 부패하여 있다 하였으니 만일 영혼을 직접 냄새로 맡을 수만 있다면 그야말로 견디어 내지 못할 별별 악취가 다 있을 것이니 이쯤 이야기하여 오는 동안에도 어쩐지 몸이 군시럽고 징그러워진다. 다행히 후각이란 그렇게 예민한 것으로 되지 않았기에 서로 연애나 약혼도 할 수 있고 예를 갖추어 현구고*도 할 수도 있고 자진하여 손님 노릇 하러 가서 융숭한 대접도 받을 수 있고 러시아워 전차 속에서도 그저 견딜 만하고 중대한 의사(議事)를 끝까지 진행하게 되는 것이 아니었던가. 더욱이 다행한 일은 약간의 경찰범 이외에는 셰퍼드란 놈에게 쫓길 리 없이 대개는 물리어 죽지 않고 지내온 것이다. 그러나 사람으로 말하면 그의 후각의 불완전함으로 인하여 고식지계(姑息之計)를 이어나가거니와 순수한 영혼으로만 존재한 천사로 말하면 헌 누더기 같은 육체를 갖지 않고 초자연적 영각(靈覺)과 지혜를 갖추었기에 사람의 영혼 상태를 꿰뚫어 간섭하기를 햇빛이 유리를 지나듯 할 것이다. 위태한 호숫가로 달리는 어린아이 뒤에 바로 천사가 따라 보호하는 바에야 죄악의 절벽으로 달리는 우리 영혼 뒤에 어찌 천사가 애타하고 슬퍼하지 않겠는가. 물고기는 부패하려는 즉시부터 벌써 냄새가 다르다. 영혼이 죄악을 계획하는 순간에 천사는 코를 막고 찡그릴 것이 분명하다. 세상에 셰퍼드를 경계할 만한 인사는 모름지기 천사를 두려워하고 사랑할 것이어니 그대가 이 세상에 떨어지자 하늘에 별이 하나 새로 솟았다는 신화를 그대는 무슨 이유로

믿을 수 있을 것이냐. 그러나 그대를 항시 보호하고 일깨우기 위하여 천사가 따른다는 신앙을 그대는 무슨 이론으로 거부할 것인가. 천사의 후각이 햇빛처럼 섬세하고 또 신속하기에 우리의 것은 훨씬 무디고 거칠기에 우리는 도리어 천사가 아니었던 행복을 누릴 수 있는 것이었으니 이 세상에 거룩한 향내와 깨끗한 냄새를 가리어 맡을 수 있는 것이니 오월달에도 목련화 아래 설 때 우리의 오관을 얼마나 황홀히 조절할 수 있으며 장미의 진수를 뽑아 몸에 지닐 만하지 아니한가. 셰퍼드란 놈은 목련의 향기를 감촉하는 것 같이도 아니하니 목련화 아래서 그놈의 아무런 표정도 없는 것을 보아도 짐작할 것이다. 대개 경찰범이나 암놈이나 고깃덩이에 날카로울 뿐인 것이 분명하니 또 그리고 그러한 등속의 냄새를 찾아낼 때 그놈의 소란한 동작과 황당한 얼굴짓을 보기에 우리는 저으기 괴롬을 느낄 수밖에 없다. 사람도 혹시는 부지중 그러한 세련되지 못한 표정을 숨기지 못할 적이 없으란 법도 없으니 불시로 침입하는 냄새가 그렇게 요염한 때이다. 그러기에 인류의 얼굴을 다소 장중히 보존하여 불시로 초조히 흐트러짐을 항시 경계할 것이요 이목구비를 고르고 삼갈 것이로다.

예양(禮讓)

전차에서 내리어 바로 버스로 연락되는 거리인데 한 십오 분 걸린다고 할지요. 밤이 이슥해서 돌아갈 때에 대개 이 버스 안에 몸을 실리게 되니 별안간 폭취(暴醉)를 느끼게 되어 얼굴에서 우그럭우그럭 하는 무슨 음향이 일던 것을 가까스로 견디며 쭈그리고 앉아 있거나 그렇지 못한 때는 갑자기 헌 솜같이 피로해진 것을 깨달을 수 있는 것이 이 버스 안에서 차지하는 잠시 동안의 일입니다. 이즈음은 어쩐지 밤이 늦어 교붕(交朋)과 중인(衆人)을 떠나서 온전히 저 홀로 된 때 취기와 피로가 삽시간에 급습하여 오는 것을 깨닫게 되니 이것도 체질로 인해서 그런 것이 아닐지요. 버스로 옮기기가 무섭게 앉을 자리를 변통해 내야만 하는 것도 실상은 서서 쓸리기에 견딜 수 없이 취했거나 삐친* 까닭입니다. 오르고 보면 번번이 만원인데도 다행히 비집어 앉을 만한 자리가 하나 비어 있지 않았겠습니까. 손바닥을 살짝 내밀거나 혹은 머리를 잠깐 굽히든지 하여서 남의 사이에 낄 수 있는 약소한 예의를 베풀고 앉게 됩니다. 그러나 나의 피로를 잊을 만하게 그렇게 편편한 자리가 아닌 것을 알았습니다. 양옆에 완강한 젊은 골격이 버티고 있어서 그 틈에 끼어 있으려니까 물론 편편치 못한 이유 외에 무엇이겠습니까마는 서서 쓰러지는니보다는 끼어서 흔들리는 것이 차라리 안전한 노릇이 아니겠습니까. 만원 버스 안에 누가 약속하고 비워 놓은 듯한 한 자리가 대개는 사양할 수 없는 행복같이 반가운 것이었습니다. 사람의 일상생활이란 이런 대수롭지 않은 일이 되풀이되는 것이 거의 전부겠는데 이런 하치못한 시민을 위하여 버스 안에 빈자리가 있다는 것은 말하자면 〈아무것도 없다는 것보다는 겨우 있다는 것이 더 나은 것이다〉라는 원리로 돌릴 만한 일이 아니겠습니까. 그래도 종시 몸짓이 불편한 것을 그대로 견디어야만 하는 것이니 불편이란 말이 잘못 표현된 말입니다. 그 자리가 내게 꼭 적합하지 않았던 것을 나중에야 알았습니다. 말하자면 동그란 구멍에 네모진 것이 끼었다거나 네모난 구멍에 동그란 것이 걸렸을 적에 느낄 수 있는 대개 그러한 저어감(齟齬感)에 다소 초조하였던 것입니다. 그렇기로서니 한 십오 분 동안의 일이 그다지 대단한 노역이랄 것이야 있습니까. 마침내 몸을 가벼이 솔치어 빠져나와 집에까지의 어둔 골목길을 더덕더덕 걷게 되는 것이었습니다. 그 이튿날 밤에도 그때쯤 하여 버스에 오르면 그 자리가 역시 비어 있었습니다. 만원 버스 안에 자리 하나가 반드시 비어 있다는 것이나 또는 그 자리가 무슨 지정을 받은 듯이나 반드시 같은 자리요 반드시 나를 기다렸다가 앉히는 것이 이상한 일이 아닙니까. 그도 하루 이틀이 아니요 여러 밤을 두고 한결로 그러하니 그 자리가 나의 무슨 미신에 가까운 숙연(宿緣)으로서거나 혹은 무슨 불측한 고장으로 누가 급격히 낙명(落命)한 자리거나 혹은 양복 궁둥이를 더럽힐 만한 무슨 오점이 있어서거나 그렇게 의심쩍게 생각되는데 아무리 들여다보아야 무슨 실한 혈흔 같은 것도 붙지 않았습니다. 하도 여러 날 밤 같은 현상을 되풀이하기에 인제는 버스에 오르자 꺼멓게 비어 있는 그 자리가 내가 끌리지 아니치 못할 무슨 검은 운명과 같이 보이어 실한 대로 그대로 끌리게 되었습니다. 그러나 여러 밤을 연해 앉고 보니 자연히 자리가 몸에 맞아지며 도리어 일종의 안이감을 얻게 된 것입니다. 그러나 더욱 괴상한 노릇은 바로 좌우에 앉은 두 사람이 밤마다 같은 사람들이었습니다. 나이가 실상 이십 안팎밖에 아니 되는 청춘남녀 한 쌍인데 나는 어느 쪽으로도 쓸릴 수 없는 꽃과 같은 남녀이었습니다. 이야기가 차차 괴담에 가까워 갑니다마는 그들의 의상도 무슨 환영(幻影)처럼 현란한 것이었습니다. 혹은 내가 청춘과 유행에 대한 예리한 판별력을 상실한 나이가 되어 그런지는 모르겠으나 밤마다 나타나는 그들 청춘 한 쌍을 꼭 한 사람들로 여길 수밖에 없습니다. 이 괴담과 같은 버스 안에 이국인과 같은 청춘남녀와 말을 바꿀 일이 없었고 말았습니다. 그러나 그 자리가 종시 불편하였던 원인을 추세(追勢)하여 보면 아래

같이 생각되기도 합니다.

1. 나의 양옆에 그들은 너무도 젊고 어여뻤던 것임이 아니었던가.

2. 그들의 극상품(極上品)의 비누 냄새 같은 청춘의 체취에 내가 견딜 수 없었던 것이 아닐지?

3. 실상인즉 그들 사이가 내가 쪼개고 앉을 자리가 아예 아니었던 것이나 아닐지?

대개 이렇게 생각되기는 하나 그러나 사람의 앉을 자리는 어디를 가든지 정하여지는 것도 사실이지요. 늙은 사람이 결국 아랫목에 앉게 되는 것이니 그러면 그들 청춘남녀 한 쌍은 나를 위하여 버스 안에 밤마다 아랫목을 비워 놓은 것이나 아니었을지요? 지금 거울 앞에서 아침 넥타이를 매며 역시 오늘 밤에도 비어 있을 꺼먼 자리를 보고 섰습니다.

비

몸이 좀 으실으실한데도 물이 찾아지는 것은 떳떳한 갈증이 아닌 것을 알 수 있다.

입술이 메마르기에 꺼풀이 까실까실 인 줄도 알았다. 아픈 데가 어디냐고 하면 아픈 데는 없다고 할 수밖에 없다. 손으로 이마를 진찰하여 보았다. 알 수 없다.

이마에 대한 외과가 아닌 바에야 이마의 내과이기로서니 손바닥으로 알 수 있을 게 무어냐. 어떻게 보면 열이 있고 또 어찌 생각하면 열이 없다. 그러나 이 손바닥 진찰이 아주 무시되어 온 것도 아니다.

이 법이 본래 할머니께서 내 어린 이마에 쓰시던 법인데 이 나이가 되도록 이 법으로써 대개는 가볍게 흘리어 버리기도 하고 아스피린 따위로 타협하여 버리기도 하고 몸이 찌뿌드드한데도 불구하고 단연 부정하여 버리고 항간으로 일부러 분주히 돌아다니기도 하였다.

기숙사에서 지낼 적에는 대개 펴놓인 채로 있던 이불 속으로 가축처럼 공손히 들어가 모처럼 만에 흐르는 눈물이 솜 냄새에 눌리어 버리기도 하였다.

대체로 손바닥 판단이 그대로 서게 되고 마는 것이었다.

오늘도 오후 두 시의 나의 우울은 나의 이마에 나의 손이 가게 되는 것이다. 그러나 용이히 결정하지 아니하였다.

보리차를 생각하였다. 탁자 위에 찻종이 모조리 뒤집혀 놓인 대로 있는 놈이 하나도 없다. 놓일 대로 놓여 있음에 틀림없다. 그러나 그것은 찻종으로 차가 마시어졌다는 것밖에 아니 된다. 이것이 마신 것이노라고 바로 놓아두는 것이 한 예의로 되었다.

예의는 이에 그치고 마침내 찻종이 있는 대로 치근치근하고 지저분하고 보리 찌꺼기를 앉힌 채로 있게 되는 것이다.

오늘은 날도 몹시 흐리고 음산하다. 오피스 안에는 낮불이 들어왔는데도 밝지 않다.

목멱산(木覓山) 중허리를 내려와 덮은 구름은 무슨 악의를 품은 것이 차라리 더러운 구름이다. 십일월 들어서서 비늘 같고 자개장식 같고 목화 피어 나가듯 하는 담담한 구름은 아니고 만다.

시계가 운다. 울곤 씨그르르…… 울곤 씨그르르…… 텁텁한 소리가 따르는 것은 저건 무슨 고장일까. 짜증이 난다.

종이 운다. 이약 종으로서 무슨 재차븐하고 의젓치 않은 소리냐. 어쨌든 유치원 이래로 여운을 내보지 못한 소리다. 별안간 이 관제(管制) 중에 멧도야지 귀청이라도 찢어 헤

칠 만한 격렬한 사이렌 소리를 듣고 싶다. 지저분한 공기에 새로운 진폭이 그립다.

약간 항분(亢奮)을 느낀다.

군데군데가 덥다. 먼저 이마 그리고 겨드랑이 손이 마저 발열하고 보니 손이란 원래 간이(簡易)한 진찰에나 쓰는 것밖에 아니 된다.

빗낱이 듣는가 했더니 제법 떨어진다.

아연판같이 무거운 하늘에서 떨어지는 비는 아연판을 치는 소리가 난다.

뿌리는 비, 날리는 비, 부으 뜬 비, 붓는 비, 쏟는 비, 뛰는 비, 그저 오는 비, 허둥지둥하는 비, 촉촉 좇는 비, 쫑알거리는 비, 지나가는 비, 그러나 십일월 비는 건너가는 비다. 이 박자 폴카춤 스텝을 밟으며. 그리하여 십일월 비는 흔히 가외 것이 많다.

*

벌써 유리창에 날벌레 떼처럼 매달리고 미끄러지고 엉키고 또그르 궁글고 홈이 지고 한다. 매우 간이한 풍경이다.

그러나 빗방울은 관찰을 세밀히 하게 하는 것이 아닐까. 내가 오늘 유유히 나를 고눌 수 없으니 만폭(滿幅)의 풍경을 앞에 펼칠 수 없는 탓이기도 하다.

빗방울을 시름없이 들여다보는 겨를에 나의 체중이 희한히 가볍고 슬퍼지는 것이다. 설령 누가 나의 쪽지를 핀으로 창살에 꼭 꽂아 둘지라도 그대로 견딜 것이리라.

나의 인생도 그 많은 항하사(恒河沙)와 같다는 별 중의 하나로 비길 바가 아니요 한 점 빗방울로 떨고 매달린 것이 아니런가.

이것은 약간의 갈증으로 인하여 이다지 세심하여지는 것이나 아닐까. 그렇지도 아니한 것이, 뛰어나가 수도를 탁 터트려 놓을 수 있을 것이겠으나 별로 그리할 맛도 없고 구태여 물을 마시어야 할 것도 아니고 보니 나의 갈증이란 인후(咽喉)나 위장에 따른 것이라기보다는 순수히 신경적이거나 혹은 경미한 정도로 정신적인 것일는지도 모른다.

오피스를 벗어 나왔다.

레인코트 단추를 꼭꼭 잠그고 깃을 세워 턱아리까지 싸고 소프트로 누르고 박쥐우산 안으로 바싹 들어서서 그리고 될 수 있는 대로 가리어 디디는 것이다.

버섯이 피어오른 듯 후줄그레 늘어선 도시에서 진흙이 조금도 긴치 아니하려니와 내가 찬비에 젖어서야 쓰겠는가.

안경이 흐려진다. 나는 레인코트 안에서 옴츠렸다. 나의 편도선을 아주 주의해야만 하겠기에, 무슨 경황에, 폴 베를렌의 슬픈 시 「거리에 내리는 비」를 읊조릴 수 없다.

비도 추워 우는 듯하여 나의 체열(體熱)을 산산히 빼앗

길 적에 나는 아무렇지도 않은 것같이 날씬하여지기에 결국 아무렇지도 않다고 했다.

여마(驢馬)처럼 떨떨거리고 오는 흰 버스를 잡아탔다.

유리쪽마다 빗방울이 매달렸다.

오늘에 한해서 나는 한사코 빗방울에 걸린다.

버스는 후루룩 떨었다.

빗방울은 다시 날려와 붙는다. 나는 헤어 보고 손가락으로 부벼 보고 아이들처럼 고독하기 위하여 남의 체온에 낀 대로 참하니 앉아 있어야 하겠고 남의 늘어진 긴 소매에 가린 대로 잠착해야 하겠다.

빗방울마다 도시가 불을 켰다. 나는 심기일전하였다.

은막에는 봄빛이 한창 어울리었다. 호수에 물이 넘치고 금잔디의 속잎이 모두 자라고 꽃이 피고 사람의 마음을 꼬일 듯한 흙냄새에 가여운 춘희(椿姬)도 코를 대고 맡는 것이다. 미칠 듯한 기쁨과 희망에 춘희는 희살대며 날뛰고 한다.

마을 앞 고목 은행나무에 꿀벌 떼가 두름박처럼 끓어 나와 잉잉거리는 것이다. 마을 사람들이 뛰어나와 이 마을지킴 은행나무를 둘러싸고 벌 떼 소리를 해가며 질서 없는 합창으로 뛰고 노는 것이다. 탬버린에, 하다못해 무슨 기명 남스렁이에 고꾸랑나발 따위를 들고 나와 두들기며 불며 노는 것이다. 춘희는 하얀 질질 끌리는 긴 옷에 검은 띠를 띠고 쟁반을 치며 뛰는 것이다.

동네 큰 개도 나와 은행나무 아랫둥에 앞발을 걸고 벌 떼를 집어삼킬 듯이 컹컹 짖어 댄다.

그러나 은막에도 갑자기 비도 오고 한다. 춘희가 점점 슬퍼지고 어두워지지 아니치 못해진다. 춘희가 콩콩 기침을 할 적에 관객석에도 가벼운 기침이 유행된다. 절후(節侯)의 탓으로 혹은 다감한 청춘 사녀(士女)들의 폐첨(肺尖)에 붉고 더운 피가 부지중 몰리는 것이 아닐까. 부릇나는 것일지도 모른다.

*

춘희는 점점 지친다. 그러나 흰나비처럼 파다거리며 흰 동백꽃에 황홀히 의지하련다. 대체로 다소 고풍스러운 슬픈 이야기라야만 실컷 슬프다.

흰 동백꽃이 아주 시들 무렵, 춘희는 점점 단념한다. 그러나 춘희의 눈물은 점점 깊고 세련된다.

은막에 내리는 비는 실로 좋은 것이었다. 젖어질 수 없는 비에 나의 슬픔은 촉촉할 대로 젖는다. 그러나 여자의 눈물이란 실로 고운 것인 줄을 알았다. 남자란 술을 가까이 하여 굵을 수도 있다.

그러나 여자에 있어서는 그럴 수 없다. 여자란 눈물로 자라는 것인가 보다. 남자란 도박이나 결투로 임기응변할 수도 있다. 그러나 여자란 다만 연애에서 천재다.

동백꽃이 새로 꽂힐 때마다 춘희는 다시 산다. 그러나 춘희는 점점 소모된다. 춘희는 마침내 일가를 완성한다.

옆에 앉은 영양(令孃) 한 분이 정말 눈물을 흐트려 놓는다. 견딜 수 없이 느끼기까지 하는 것이다. 현실이란 어느 처소에서나 물론하고 처치에 곤란하도록 좀 어리석은 것이기도 하고 좀 면난(面暖)하기도 한 것이다. 그레타 가르보 같은 사람도 평상시로 말하면 얼굴을 항시 가다듬고 펴고 진득이 굴지 않아서는 아니 될 것이다. 먹새는 남보다 골라서 할 것이겠고 실상 사람이란 자기가 타고 나온 비극이 있어 남몰래 앓을 병과 같아서 속에 지녀 두는 것이요 대개는 분장으로 나서는 것임에 틀림없다.

어찌하였든 내가 이 영화관에서 벗어 나가게 되고 말았다.

얼마쯤 슬픔과 무게를 사가지고.

거리에는 비가 이때껏 흐느끼고 있는데 어둠과 안개가 길에 기고 있다.

타이어가 날리고 전차가 쨍쨍거리고 서로 곁눈 보고 비켜서고 오르고 내리고 사라지고 나타나는 것이 모두 영화와 같이 유창하기는 하나 영화처럼 곱지 않다. 나는 아주 열(熱)해졌다.

검은 커튼으로 싼 어둠 속에서 창백한 감상(感傷)이 아직도 떨고 있겠으나 나는 먼저 나온 것을 후회치 않아도 다행하다고 하였다. 그러나 다시 한 떼를 지어 브로마이드

말려들어 가듯 흡수되는 이들이 자꾸 뒤를 잇는다.

나는 휘황히 밝은 불빛과 고요한 한구석이 그리운 것이다. 향기로운 홍차 한 잔으로 입을 축이어야 하겠고 나의 무게를 좀 덜어야 하겠고 여러 가지 점으로 젖어 있는 나의 오늘 하루를 좀 가시고 골라야 견디겠기에. 그러나 하루의 삶으로서 그만치 구기어지는 것도 어찌할 수 없는 일이다.

별로 여색이나 무슨 주초(酒草) 같은 것에 가까이 해서야만 그런 것이 아니라 하루를 지나고 저문 후에는 아무리 다리고 편다 할지라도 아주 판판해질 수는 없는 것이다. 더욱이 절후(節侯)가 이렇게 고르지 못하고 신열이 좀 있고 보면 더욱 그러한 것이다. 사람의 양식(良識)으로 볼지라도 아무리 청명하게 닦을지라도 다소 안개가 끼고 고을고 하는 것을 면키 어려운 것이 아닌가.

그러므로 빗방울이라든지, 동백꽃이라든지, 눈물이라든지, 의리, 인정, 그러한 것들이 모두 아름다운 것이기도 하고, 해로울 것도 없고 기뻐함 직도 한 것이나 그것이 굴러가는 계절의 마찰을 따라 하루 삶이 주름이 잡히고 피로가 쌓인다. 설령 안개같이 가벼운 것임에 지나지 않을지라도.

이제로 집에 돌아가서 더운 김으로 얼굴을 흠빽 축이고 훌훌 마실 수 있는 더운 약을 마시리라. 집사람 보고 부탁하기를 꿈도 없는 잠을 들겠으니 잠드는 동안에 땀을 거두어 달라고 하겠다.

아스팔트

걸을 양이면 아스팔트를 밟기로 한다. 서울 거리에서 흙을 밟을 맛이 무엇이랴.

아스팔트는 고무 밑창보다 징 한 개 박지 않은 우피 그대로 사폿사폿 밟아야 쫀득쫀득 받치는 맛을 알게 된다. 발은 차라리 타이어처럼 굴러간다. 발이 한사코 돌아다니자기에 나는 자꾸 끌린다. 발이 있어서 나는 고독치 않다.

가로수 이파리마다 발발(潑潑)하기 물고기 같고 유월초승 하늘 아래 밋밋한 고층건물들은 삼나무 냄새를 풍긴다. 나의 파나마는 새파랗듯 젊을 수밖에. 가견(家犬), 양산(洋傘), 단장(短杖) 그러한 것은 한아(閑雅)한 교양이 있어야 하기에 연애는 시간을 심히 낭비하기 때문에 나는 그러한 것들을 길들일 수 없다. 나는 심히 유창한 프롤레타리아트! 고무볼처럼 퐁퐁 튀기어지며 간다. 오후 네 시 오피스의 피로가 나로 하여금 궤도 일체를 밟을 수 없게 한다. 장난감 기관차처럼 장난하고 싶구나. 풀포기가 없어도 종달새가 내려오지 않아도 좋은, 폭신하고 판판하고 만만한 나의 유목장(遊牧場) 아스팔트! 흑인종은 파인애플을

통채로 쪼개어 새빨간 입술로 쪽쪽 들이킨다. 나는 아스팔트에서 조금 비껴 들어서면 된다.

탁! 탁! 튀는 생맥주가 폭포처럼 싱싱한데 황혼의 서울은 갑자기 팽창한다. 불을 켠다.

노인과 꽃

노인이 꽃나무를 심으심은 무슨 보람을 위하심이오니까. 등이 곱으시고 숨이 차신데도 그래도 꽃을 가꾸시는 양을 뵈오니, 손수 공들이신 가지에 붉고 빛나는 꽃이 맺으리라고 생각하오니, 희고 희신 나룻이나 주름살이 도리어 꽃답도소이다.

나이 이순(耳順)을 넘어 오히려 여색을 기르는 이도 있거니 실로 누(陋)하기 그지없는 일이옵니다. 빛깔에 취할 수 있음은 빛이 어느 빛일는지 청춘에 맡길 것일는지도 모르겠으나 쇠년(衰年)에 오로지 꽃을 사랑하심을 뵈오니 거룩하시게도 정정하시옵니다.

봄비를 맞으시며 심으신 것이 언제 바람과 햇빛이 더워오면 고운 꽃봉오리가 촛불 켜듯 할 것을 보실 것이매 그만치 노래(老來)의 한 계절이 헛되이 지나지 않은 것이옵니다.

노인의 고담(枯淡)한 그늘에 어린 자손이 희희(戲戲)하며 꽃이 피고 나무와 벌이 날며 닝닝거린다는 것은 여년(餘年)과 해골을 장식하기에 이렇듯 화려한 일이 없을 듯

하옵니다.

해마다 꽃은 한 꽃이로되 사람은 해마다 다르도다. 만일 노인 백 세 후에 기거하시던 창호(窓戶)가 닫히고 뜰 앞에 손수 심으신 꽃이 난만할 때 우리는 거기서 슬퍼하겠나이다. 그 꽃을 어찌 즐길 수가 있으리까. 꽃과 주검을 실로 슬퍼할 자는 청춘이요 노년의 것이 아닐까 합니다. 분방히 끓는 정염(情炎)이 식고 호화롭고도 홧홧한 부끄럼과 건질 수 없는 괴롬으로 수놓은 청춘의 웃옷을 벗은 뒤에 오는 청수(淸秀)하고 고고하고 유한(幽閑)하고 완강하기 학과 같은 노년의 덕으로서 어찌 주검과 꽃을 슬퍼하겠습니까. 그러기에 꽃이 아름다움을 실로 볼 수 있기는 노경(老境)에서일까 합니다.

멀리멀리 나 — 땅끝으로서 오기는 초뢰사(初瀨寺)의 백모란 그중 일 점 담홍빛을 보기 위하여.

의젓한 시인 폴 클로델은 모란 한 떨기 만나기 위하여 이렇듯 멀리 왔더라니, 제 자위에 붉은 한 송이 꽃이 심성의 천진과 서로 의지하며 즐기기에는 바다를 몇씩 건너온다느니보다 미옥(美玉)과 같이 탁마(琢磨)된 춘추(春秋)를 지니어야 할까 합니다.

실상 청춘은 꽃을 그다지 사랑할 바도 없을 것이며 다만 하늘의 별 물속의 진주 마음속의 사랑을 표정하기 위하여 꽃을 꺾고 꽂고 선사하고 찢고 하였을 뿐이 아니었습니까. 이도 또한 노년의 지혜와 법열을 위하여 청춘이 지나지 아니치 못할 연옥과 시련이기도 하였습니다.

오호 노년과 꽃이 서로 비추고 밝은 그 어느 날 나의 나룻도 눈과 같이 희어지이다 하노니 나머지 청춘에 다이 설레나이다.

꾀꼬리와 국화

물오른 봄버들가지를 꺾어들고 들어가도 문안 사람들은 부러워하는데 나는 서울서 꾀꼬리 소리를 들으며 살게 되었다.

샛문 밖 감영 앞에서 전차를 내려 한 십 분쯤 걷는 터에 꾀꼬리가 우는 동네가 있다니깐 별로 놀라워하지 않을 뿐 외려 치하하는 이도 적다.

바로 이 동네 인사(人士)들도 매 간에 시세가 얼마며 한 평에 얼마 오르고 내린 것이 큰 관심거리지 나의 꾀꼬리 이야기에 어울리는 이가 적다.

이삿짐 옮겨다 놓고 한밤 자고 난 바로 이튿날 햇살 바른 아침, 자리에서 일기도 전에 기왓골이 옥(玉)인 듯 짜르르 짜르르 울리는 신기한 소리에 놀랐다.

꾀꼬리가 바로 앞 나무에서 우는 것이었다.

나는 뛰어나갔다.

적어도 우리집 사람쯤은 부지깽이를 놓고 나오든지 든 채로 황황히 나오든지 해야 꾀꼬리가 바로 앞 나무에서 운 보람이 설 것이겠는데 세상에 사람들이 이렇듯이도 무딜

줄이 있으랴.

저녁때 한가한 틈을 타서 마을 둘레를 거니노라니 꾀꼬리 뿐이 아니라 까투리가 풀섶에서 푸드득 날아갔다 했더니 장끼가 산이 쩌르렁 하도록 우는 것이다.

산비둘기도 모이를 찾아 마을 어귀까지 내려오고, 시어머니 진지상 나수어다* 놓고선 몰래 동산 밤나무 가지에 목을 매어 죽었다는 며느리의 넋이 새가 되었다는 며느리새도 울고 하는 것이었다.

며느리새는 외진 곳에서 숨어서 운다. 밤나무꽃이 눈같이 흴 무렵, 아침 저녁 밥상 받을 때 유심히도 극성스럽게 우는 새다. 실하게도 슬픈 울음에 정말 목을 메는 소리로 끝을 맺는다.

며느리새의 내력을 알기는 내가 열세 살 적이었다.

지금도 그 소리를 들으면 열세 살 적 외롬과 슬픔과 무섬탐이 다시 일기에 며느리새가 우는 외진 곳에 가다가 발길을 돌이킨다.

나라 세력으로 자란 솔들이라 고스란히 서 있을 수밖에 없으려니와 바람에 솔소리처럼 아늑하고 서럽고 즐겁고 편한 소리는 없다. 오롯이 패잔한 후에 고요히 오는 위안 그러한 것을 느끼기에 족한 솔소리, 솔소리로만 하더라도 문밖으로 나온 값은 칠 수밖에 없다.

동저고리 바람을 누가 탓할 이도 없으려니와 동저고리 바람에 따르는 홋홋하고 가볍고 자연과 사람에 향하여 아양 떨고 싶기까지 한 야릇한 정서 그러한 것을 나는 비로소 알아내었다.

팔을 걷기도 한다. 그러나 주먹은 잔뜩 쥐고 있어야 할 이유가 하나도 없고, 그 많이도 흉을 잡히는 입을 벌리는 버릇도 동저고리 바람엔 조금 벌려 두는 것이 한층 편하고 수월하기도 하다.

무릎을 세우고 안으로 깍지를 끼고 그대로 아무 데로라도 앉을 수 있다. 그대로 한나절 앉았기로서니 나의 게으른 탓이 될 수 없다. 머리 위에 구름이 절로 피며 지며 하고 골에 약물이 사철 솟아 주지 아니하는가.

빼꾹채꽃, 엉겅퀴 송이, 그러한 것이 모두 내게는 끔찍한 것이다. 그 밑에 앉고 보면 나의 몸뚱아리, 마음, 얼, 할 것 없이 호탕하게도 꾸미어지는 것이다.

사치스럽게 꾸민 방에 들 맛도 없으려니와, 나이 삼십이 넘어 애인이 없을 사람도 빼꾹채 자주꽃 피는 데면 내가 실컷 살겠다.

바람이 자면 노란 보리밭이 후끈하고 송진이 고여 오르고 빼꾸기가 서로 불렀다.

아침 이슬을 흩으며 언덕에 오를 때 대수롭지 않이 흔한 달기풀꽃이라도 하나 업수이 여길 수 없는 것을 보았다. 이렇게 작고 푸르고 이쁜 꽃이었던가 새삼스럽게 놀라웠다.

요렇게 푸를 수가 있는 것일까.

손끝으로 으깨어 보면 아깝게도 곱게 푸른 물이 들지 않던가. 밤에는 반딧불이 불을 켜고 푸른 꽃잎에 오므라붙는 것이었다.

한번은 달기풀꽃을 모아 잉크를 만들어 가지고 친구들한테 편지를 염서(艶書)같이 써 붙이었다. 무엇보다도 꾀꼬리가 바로 앞 나무에서 운다는 말을 알리었더니 안악(安岳) 친구는 굉장한 치하 편지를 보냈고 장성(長城) 벗은 겸사겸사 멀리도 집알이를 올라왔었던 것이다.

그날사 말고 새침하고 꾀꼬리가 울지 않았다. 맥주 거품도 꾀꼬리 울음을 기다리는 듯 고요히 이는데 장성 벗은 웃기만 하였다.

붓대를 희롱하는 사람은 가끔 이러한 섭섭한 노릇을 당한다.

멀리 연기와 진애를 걸러 오는 사이렌 소리가 싫지 않게 곱게 와 사라지는 것이었다.

꾀꼬리는 우는 제철이 있다.

이제 계절이 아주 바뀌고 보니 꾀꼬리는커녕 머느리새도 울지 않고 산비둘기만 극성스러워진다.

꽃도 잎도 이울고 지고 산국화도 마지막 스러지니 솔소리가 억세어 간다.

꾀꼬리가 우는 철이 다시 오고 보면 장성 벗을 다시 부르겠거니와 아주 이울어진 이 계절을 무엇으로 기울 것인가.

동저고리 바람에 마고자를 포개어 입고 은단추를 달

리라.

꽃도 조선 황국(黃菊)은 그것이 꽃 중에는 새 틈에 꾀꼬리와 같은 것이다. 내가 이제도 황국을 보고 취(醉)하리로다.

비둘기

하루갈이쯤 되는 텃밭 이랑에 손이 곱게 돌아가 있다.

갈고 흙덩이 고르고 잔돌 줍고 한 것이나 풀포기 한 잎 거친 것 없는 것이나 갓골을 거뜬히 둘러친 것이나 이랑에 흙이 다복다복 북돋아진 것이라든지가 바지런하고 일솜씨 미끈한 사람의 할 일이로구나 하였다. 논밭 일은 못하였을망정 잘하고 못한 것이야 모를 게 있으랴.

갈보리를 벌써 뿌리었다기는 이르고 김장 무배추로는 엄청 늦고 가랑파 씨를 뿌린 성싶다.

참새 떼가 까맣게 날아와 앉기에 황급히 활개를 치며 〈우여어!〉 소리를 질렀더니 그만 휘잉! 휘잉! 소리를 내며 쫓기어 간다.

그도 그럴 적뿐이요 새도 눈치코치를 보고 오는 셈인지 어느 겨를에 또 날아와 짓바수는 것이다.

밭임자의 품팔이꾼이 아닌 이상에야 한두 번이지 한나절 위한하고 새를 보아 줄 수도 없는 일이다.

이번에는 난데없는 비둘기 떼가 한 오십 마리 날아오더니 이것은 느부갓네살*의 군대들이나 되는구나.

이렇게 한바탕 치르고 나도 남을 것이 있는 것인가 하도 딱하기에 밭임자인 듯한 이를 멀리 불러 물어보았다.

「씨갑시* 뿌려 둔 것은 비둘기밥 대주라고 한 게요?」

「그 어떡헙니까. 악을 쓰고 쫓아도 하는 수 없으니.」

「이 근처엔 비둘기가 그리 많소?」

「원한경 원목사 집 비둘긴데 하도 파먹기에 한번은 가서 사설을 했더니 자기네도 할 수 없다는 겁디다. 몇 마리 사랑 탐으로 기른 것이 남의 집 비둘기까지 달고 들어와 북새를 놓으니 거두어 먹이지도 않는 바에야 우정 쫓아낼 수도 없다는 겁니다.」

「비둘기도 양옥집 그늘이 좋은 게지요.」

「총으로 쏘든지 잡아 죽이든지 맘대로 하라곤 하나 할 수 있는 일입니까. 내버려 두지요.」

농사끝이란 희한한 것이 아닌가. 새한테 먹히고, 벌레도 한몫 태우고 풍재(風災) 수재(水災) 한재(旱災)를 겪고 도지 되고 짐수 치르고 비둘기한테 짓바수어지고 그래도 남는다는 것은 그래도 농사끝밖에 없다는 것인가.

밭임자는 남의 일 이야기하듯 하고 간 후에 열두어 살 전후쯤 된, 남매간인 듯한 아이들 둘이 깨어진 냄비쪽 생철쪽을 들고 나와 밭머리에 진을 치는 것이다.

이건 곡하는 것인지 노래 부르는 것인지 야릇하게도 서러운 푸념이나 애원이 아닌가.

날짐승에게도 애원은 통한다.

유유히 날아가는 것이로구나.

날짐승도 워낙 억세고 보면 사람도 쇠를 치며 우는 수밖에 없으렷다.

농가 아이들은 괴임성스럽게 볼 수가 없다.

첫째 그들은 사나이니까 머리를 깎았고 계집아이니까 머리가 있을 뿐이요 몸에 걸친 것이 그저 구별과 이름이 부를 수는 있다. 그들의 치레와 치장이란 이에 그치고 만다.

허수아비는 이보다 더 허름한 옷을 입었다. 그래서 날짐승들에게 영(令)이 서지 않는다.

그들은 철없어 복스런 웃음을 웃을 줄 모르고 웃음이 절로 어여빼지는 옴식옴식 패이고 펴고 하는 볼이 없다.

그들은 씩씩한 물기와 이글거리는 핏빛이 없고 흙빛과 함께 검고 푸르다.

팔과 다리는 파리하고 으실 뿐이다.

그들은 영양이 없이도 앓지 않는다.

눈도 아무 날래고 사나운 열기가 없다. 슬프지도 아니한 눈이다.

좀처럼 울지도 아니한다 — 노래와 춤은커녕.

그들은 이 가난하고 꾀죄죄한 자연에 나면서부터 견디고 관습이 익어 왔다.

주리고 헐벗고 고독함에서 사람이란 인내와 단련이 필요한 것이 되겠으나 그들은 새삼스럽게 노력을 들이지 아니하여도 된다.

그들은 괴롭지도 아니하다.

그들은 세상에도 슬프게 생긴 무덤과 이웃하여 산다.

그들은 흙과 돌로 얽고 다시 흙으로 칠한 방 안에서 흙냄새가 말아지지 아니한다.

그들은 어버이와 수척한 가축과 서로서로 숨소리와 잠꼬대를 하며 잔다.

그들의 어머니는 명절날이면 횟배가 아프다.

그들의 아버지는 명절날에 취하고 운다.

남부 이태리보다 푸르고 곱다는 하늘도 어쩐지 영원히 딴 데로만 향하여 한눈파는 듯하여 구름도 꽃도 아무 장식이 될 수 없다.

육체

몽키라면 아시겠습니까. 몽키, 이름조차 맛대가리 없는 이 연장은 집터 다지는 데 쓰는 몇천 근이나 될지 엄청나게 크고 무거운 저울추 모양으로 된 그 쇳덩이를 몽키라고 이릅디다. 표준어에서 무엇이라고 제정하였는지 마침 몰라도 일터에서 일꾼들이 몽키라고 하니깐 그런 줄로 알밖에 없습니다.

몽치란 말이 잘못되어 몽키가 되었는지 혹은 원래 몽키가 옳은데 몽치로 그릇된 것인지 어원에 밝지 못한 소치로 재삼 그것을 가리려고는 아니하나 쇠몽치 중에 하도 육중한 놈이 되어서 생김새 덩치를 보아 몽치보다는 몽키로 대접하는 것이 좋다고 나도 보았습니다.

크낙한 양옥을 세울 터전에 이 몽키를 쓰는데 굵고 크기가 전신주만큼이나 되는 장나무를 여러 개 훨씬 윗둥을 실한 쇠줄로 묶고 아랫둥은 벌리어 세워놓고 다시 가운데 철봉을 세워 그 철봉이 몽키를 꿰뚫게 되어 몽키가 그 철봉에 꽂힌 대로 오르고 내리게 되었으니 몽키가 내려질리는 밑바닥이 바로 굵은 나무기둥의 대가리가 되어 있습니다. 이

나무기둥이 바로 땅속으로 모조리 들어가게 된 것이니 기럭지가 보통 와가집 기둥만큼 되고 그 위로 몽키가 벽력같이 떨어질 거리가 다시 그 기둥 키만 한 사이가 되어 있으니 결국 몽키는 땅바닥에서 이층 집 꼭두만치는 올라가야만 되는 것입니다. 그 거리를 몽키가 기어오르는 꼴이 볼만하니 좌우로 한편에 일곱 사람씩 늘어서고 보면 도합 열네 사람에 각기 잡아당길 굵은 참밧줄이 열네 가닥, 이 열네 가닥이 잡아당기는 힘으로 그 육중한 몽키가 기어 올라가게 되는 것입니다. 단번에 올라가는 수가 없어서 한 절반에서 삽시 다른 장목으로 고이었다가 일꾼 열네 사람들이 힘찬 호흡을 잠깐 돌리었다가 다시 와락 잡아당기면 꼭두 끝까지 기어 올라갔다가 내려질 때는 한숨에 내려 박히게 되니 쿵 소리와 함께 기둥이 땅속으로 문찍문찍 들어가게 되어 근처 행길까지 들썩들썩 울리며 꺼져 드는 것 같습니다. 그러한 노릇을 기둥이 모두 땅속으로 들어가기까지 줄곧 해야만 하므로 장정 열네 사람이 힘이 여간 키이는 것이 아닙니다. 그리하여 한 사람은 초성 좋고 장구 잘 치고 신명과 넉살 좋은 사람으로 옆에서 지경 닦는 소리를 메기게 됩니다. 하나가 메기면 열네 사람이 받고 하는 맛으로 일터가 흥성스러워지며 일이 수월하게 부쩍부쩍 늘어갑니다. 그렇기에 메기는 사람은 점점 흥이 나고 신이 솟아서 노래 사연이 별별 신기한 것이 연달아 나오게 됩니다. 애초에 누가 이런 민요를 지어냈는지 구절이 용하기는 용

하나 좀 듣기에 면구한 데가 있습니다. 대개 큰애기, 총각, 과부에 관계된 것, 혹은 신작로, 하이칼라, 상투, 머리꼬리, 가락지 등에 관련된 것을 노래로 부르게 됩니다. 그리고 에헬렐레상사도로 리프레인이 계속됩니다. 구경꾼도 여자는 잠깐이라도 머뭇거릴 수가 없게 되니 아무리 노동꾼이기로 또 노래를 불러야 일이 수월하고 불고하기로 듣기에 얼굴이 부끄러 와락와락 하도록 그런 소리를 할 것이야 무엇 있습니까. 그 소리로 무슨 그렇게 신이 나서 할 것이 있는지 야비한 얼굴짓에 허리 아랫둥과 어깨를 으씩으씩 하여 가며 하도 꼴이 그다지 애교로 사주기에는 너무도 나의 신경이 가늘고 약한가 봅니다. 그러나 육체 노동자로서의 독특한 비판과 풍자가 있기는 하니 그것을 그대로 듣기에 좀 찔리기도 하고 무엇인지 생각케도 합니다. 이것도 육체로 산다기보다 다분히 신경으로 사는 까닭인가 봅니다. 그런데 몽키가 이 자리에서 기둥을 다 박고 저 자리로 옮기려면 불가불 일꾼의 어깨를 빌리게 됩니다. 실한 장정들이 어깨에 목도로 옮기는데 사람의 쇄골(鎖骨)이란 이렇게 빳잘긴 것입니까. 다리가 휘청거리어 쓰러질까 싶게 간신간신히 옮기게 되는데 쇄골이 부러지지 않고 배기는 것이 희한한 일이 아닙니까. 이번에는 그런 입에 올리지 못할 소리는커녕 영치기 영치기 소리가 지기영 지기영 지기 지기영으로 변하고 불과 몇 걸음 못 옮기어서 훅훅하며 땀이 물 솟듯 합니다. 짓궂은 몽키는 그 꼴에 매달려 가는 맛이 호수운지 덩치가 그만해 가지고 어쩌면 하루 품팔이로 살아가는 삯군 어깨에 늘어져 근드렁근드렁거리는 것입니까. 숫제 침통한 웃음을 견딜 수 없었습니다. 그 사람네는 이마에 땀을 내어 밥을 먹는다기보다는 시뻘건 살덩이를 몇 점씩 뚝뚝 잡아 떼어내고 그리고 그 자리를 밥으로 때워야만 사는가 싶도록 격렬한 노동에 견디는 것이니 설령 외설하고 음풍(淫風)에 가까운 노래를 부를지라도 그것을 입술에 그치고 말 것이요 몸뚱아리까지에 옮겨 갈 여유도 없을까 합니다.

*

10쪽 〈진〉의 정확한 의미는 알 수 없다. 〈지다〉를 〈흐벅지다〉의 방언으로 보는 경우가 있으며, 〈빛나는〉으로 해석한 예도 있다.
〈보이한〉은 〈보얀〉 혹은 〈보일 듯한〉의 뜻일 것으로 추정된다.

11쪽 원문의 한자는 〈巖古蘭〉으로 되어 있다. 정지용의 오기인 듯하다.

14쪽 〈석이〉는 원문에 〈석용(石茸)〉으로 표기되어 있다. 오식인 듯하다.
〈놋날〉은 원문에 〈놋낫〉으로 되어 있다. 빗발이 쭉쭉 쏟아지는 모양을 〈놋날 드리듯〉이라고 표현한다.

15쪽 〈잦은 맞음〉은 원문에 〈자진 마짐〉으로 되어 있다.

17쪽 〈누리〉는 〈우박〉을 뜻한다.

18쪽 〈날가지〉는 〈곁가지〉를 뜻한다.
〈숫도림〉은 〈사람이 잘 가지 않는 외진 곳〉을 가리키는 단어로 추정된다.

25쪽 〈잠착하다〉는 〈한 가지 일에만 골똘히 정신을 쏟다〉는 뜻이다.

27쪽 〈안돌이〉는 바위 같은 것을 안고 겨우 돌아갈 만큼, 〈지돌이〉는 바위 같은 것에 등을 대고 갈 만큼 〈험한 벼랑길〉을 가리킨다.

30쪽 〈베랑빡〉은 사전상 〈바람벽〉을 가리키는 단어이다. 여기에서 〈베람빡〉은 〈베랑빡〉과 달리 〈벼랑〉을 뜻하는 단어일 것으로 추정된다.

〈호숩다〉는 〈재미있다〉의 방언이다.

33쪽 〈이윽자〉는 〈이슥해지자〉라는 뜻이다.

34쪽 〈신이마 위하며〉는 〈신이나마 위하며〉 혹은 〈신의 앞부분을 위하며〉 정도의 의미로 여겨진다.

37쪽 〈회양〉은 강원도의 지역 이름이다. 원문에는 〈준양(准陽)〉으로 표기되어 있다. 오식인 듯하다.

72쪽 〈현구고〉는 〈신부가 예물을 가지고 처음으로 시부모를 뵙는 일〉을 뜻한다.

74쪽 〈삐치다〉는 〈일에 지쳐서 몸과 마음이 늘어진 상태〉를 뜻한다.

92쪽 〈나수다〉는 〈내어서 들이다〉라는 뜻이다.

96쪽 〈느부갓네살〉은 바벨탑을 세운 〈신바빌로니아 제국 제2대 왕〉 의 이름이다.

97쪽 〈씨갑시〉는 〈씨앗〉의 방언이다.

해설

정지용과 『백록담』

정지용은 1902년 충청북도 옥천에서 태어났다. 1918년 휘문고보에 입학하면서부터 문학에 관심을 두기 시작하여 시와 소설을 습작하고 박팔양, 김화산 등과 동인지를 발행하기도 했다. 휘문고보를 졸업한 정지용은 1923년 일본 도시샤(同志社) 대학에 입학하여 영문학을 배웠다. 그리고 1926년 일본 유학생 잡지 『학조』에 「카페 프란스」 등을 발표하였다. 그래서 정지용의 초기 시에는 일본 체험을 다룬 시가 다수 있다.

1929년 귀국한 정지용은 모교인 휘문고보의 교사가 되었다. 1930년에는 박용철, 김영랑이 주도하던 『시문학』 동인에 참여하고, 1933년에는 구인회에 참여하면서 작품 활동을 펼쳤다. 천주교 신자로서 『카톨릭 청년』에 종교시를 자주 발표한 것도 이 무렵이다. 1935년에는 그동안의 작품들을 모아서 첫 시집 『정지용 시집』을 출간했다. 이 시집으로 정지용은 당대의 대표적 시인이 되었다. 1939년 『문장』의 편집위원으로 활약하면서 많은 시인들을 등단시켰는데, 소위 청록파로 불리는 조지훈, 박목월, 박두진 등도 정지용의 추천을 받아 등단하였다. 1941년에는 두 번째 시집 『백록담』을 출간했다.

해방 후 정지용은 이화여대에서 시를 가르쳤다. 그사이 잠시 『경향신문』 주간을 맡기도 했다. 1946년 『지용 시선』을 간행하고, 1948년과 1949년에 산문집 『지용 문학독본』과 『산문』을 출간했다. 1950년 『문예』에 실린 「늙은 범」 등의 작품이 마지막 발표작이다. 한국전쟁 중에 납북되어 이후 행적은 알지 못한다.

정지용은 스스로 시인임을 자각하고 시작 행위를 예술 행위로 의식한 최초의 한국 시인이며, 무엇보다 시가 언어 예술임을 깊이 이해하고 실천한 시인이었다. 그는 남달리 섬세한 언어 감각으로 창의적이고 생동감 넘치는 언어를 구사했다. 그는 언어를 감각적으로 다루었고, 경제적으로 사용했으며, 선명한 이미지를 만들어 내었다. 그가 남긴 작품은 『정지용 시집』과 『백록담』에 실린 것이 거의 전부이지만, 이 두 권의 시집으로 그는 한국 현대시사에서 가장 주목받는 시인의 한 사람이 되었다.

『백록담』은 정지용의 두 번째 시집으로 1941년 9월 15일 문장사에서 발간되었다. 총 5부로 이루어져 있으며, 제4부까지 시 25편, 제5부에 산문 8편이 실려 있다. 정가는 1원 80전이다.

『백록담』의 시편들은 첫번째 시집인 『정지용 시집』의

시들이 보여 준 감각과 언어 조탁을 좀 더 심화시키는 한편, 동양 고전에서 주로 다루어지던 자연 세계를 시적 대상으로 삼는다. 『정지용 시집』의 주요 소재 중 하나였던 〈바다〉가 새로운 근대 세계에 대한 동경과 감수성을 보여 주는 것이라면, 『백록담』의 주요 소재인 〈산〉은 유현한 동양적 정신 세계를 드러내는 매개물이 된다.

『백록담』의 시편들은 동양의 한시 전통에 닿아 있다고 말할 수 있다. 세계에 대한 화자의 대응 방식, 간명한 회화적 이미지, 절제된 언어 사용, 정적인 분위기 등의 특징은, 『백록담』의 시편들이 동양 고전의 세계를 창조적으로 계승하고 있음을 보여 준다. 그러나 『백록담』의 자연들은 관념적 공간이기 이전에 생생하고 구체적으로 표현된 사실적인 공간이다. 시집의 표제이기도 한 「백록담」은 한라산 등반이라는 체험에 밀착하여 많은 식물과 동물 들의 모습을 참신하고 세밀하게 그려 낸다. 예를 들어 〈절정에 가까울수록 뻐꾹채 꽃키가 점점 소모된다〉는 구절은, 변화하는 시선의 위치에 따라 달라지는 꽃의 모습을 현상 그 자체로 묘사한 것이다.

『백록담』에는 「백록담」과 같은 산문시와 「비」, 「조찬(朝餐)」과 같은 짧은 행으로 이루어진 시들이 섞여 있다. 어느 경우이건 시인은 압축된 언어를 사용한 미니멀리즘의 수법으로 풍경이나 상황을 간결하게 묘사한다. 시인의 관찰과 묘사는 매우 객관적이고 또 섬세하다. 그러면서도 그

묘사 속에는 산수화에서와 같은 여백과 정신성이 느껴진다. 시인은 풍경의 즉물적 묘사를 통해서 정신이나 내면의 유현한 경지를 드러내 보여 주는 것이다. 「백록담」의 경우, 한라산의 풍경에 미리 관념이 개입되어 있는 것이 아니라, 그 풍경이 묘사되는 태도나 방식 속에 정신과 내면이 반영되는 것이라 할 수 있다. 「장수산」 시편들 역시, 장수산의 실제 풍경을 구체적으로 묘사하는 가운데 어떤 정신적 공간이 형성된다. 그리고 이 시집의 많은 시들은 깊은 산속에 한 사람(그것이 화자이든 제3자이든)이 있는 풍경을 보여 준다. 이것은 일제 말기에 그런 식으로 숨어 살고 싶던 시인 자신의 심경을 담고 있는 것이라고도 해석할 수 있다.

한편 『백록담』에는 『정지용 시집』의 시들에서 보여 준 시적 감수성을 그대로 계승하고 있는 시도 다수 있다. 「선취(船醉)」는 배멀미하는 여러 사람들의 다양한 모습을 사실적으로 묘사하고 있고, 「슬픈 우상」은 정지용이 꾸준히 써온 가톨릭 시편들 중 하나이다. 그러나 이 시들은 『백록담』에서 예외적인 경우이다.

『백록담』은 절제된 언어로 기품 있는 미학적 공간을 창조하여 한국 현대시의 지평을 넓힌 시집이며, 이후 많은 한국 시인들에게 큰 영향을 준 시집이다. 특히 정지용에 의해 시단에 등단한 청록파 시인들의 초기 시에는, 『백록담』으로부터 영향을 받은 흔적이 적지 않다. 시에서의 언어 운용법, 시 소재의 선택과 취급 방법 등 많은 부분에서,

정지용의 『백록담』은 후대 시인들에게 시란 무엇인가에 대한 원형을 제공한 시집 중의 하나라고 할 수 있다.

이남호(고려대학교 명예교수)

편자의 말

한국 현대시를 대표할 만한 시집들의 초간본을 다시 출간하는 일은 과거를 오늘에 되살리는 일이라기보다는 점점 과거 속으로 사라져 가는 것에 새로운 생명을 부여하여 여전히 오늘의 것이 되게 하는 일이라고 생각한다. 한국 현대시 100년의 역사는 많은 훌륭한 시집을 남겼다. 많은 훌륭한 시집들이 모여서 한국 현대시 100년의 풍요를 이루었다고 말할 수도 있다. 그러한 시집들을 계속 살아 있게 하는 일은 시를 사랑하는 사람의 의무일 것이다.

그러나 이러한 작업은 겉으로 드러나지 않는 수고와 신중함을 많이 요구한다. 첫째는 대표 시인을 선정하는 어려움이다. 수많은 시집들을 편견 없이 재검토해야 하는 수고도 수고지만, 선정과 배제의 경계에 있는 시집들에 대해서는 많은 망설임과 논의가 있어야 했다. 대표 시인 선정 작업이 높은 안목과 보편타당한 기준에 의해서 이루어졌는지는 시간을 두고 전문 독자들에 의해서 판단될 것이다.

두 번째 어려움은 표기에 관련된 것이다. 사실 20세기 전반기의 우리 출판과 한글 표기법의 수준은 보잘것없다.

맞춤법, 띄어쓰기, 행 가름, 연 가름 등에는 혼란스러운 곳이 많고 오식으로 보이는 부분들도 많다. 그것들은 오늘날의 독자들에게 혼란과 거북함을 줄 뿐만 아니라, 작품의 이해를 방해하기도 한다. 그리고 다른 지면에 인용될 때마다 표기가 달라지는 결과를 낳기도 한다. 근대 초기의 많은 문학 작품들을 오늘날의 표기법으로 잘 고쳐서 결정본을 확정 짓는 작업이 시급하다고 할 수 있다. 이러한 생각에서 시적 효과를 지나치게 훼손하지 않는 범위 안에서 표기를 오늘에 맞게 고쳤다. 그러나 시의 속성상 표기를 고치는 일은 조심스럽지 않을 수 없다. 단어 하나, 표현 하나마다 시적 효과와 현재의 표기법 그리고 일관성을 고려해서 번역 아닌 번역 작업을 해야 했다. 이러한 작업이 원문의 분위기를 어느 정도 훼손하는 것은 어쩔 수 없었다. 또 어떻게 고쳐야 할지 판단이 서지 않는 부분도 꽤 있었다. 어쩌면 표기와 관련해서 노력한 만큼의 성과를 얻지 못했는지도 모른다. 그러나 이러한 작업의 축적을 통해서 작품의 결정본을 만들어 나갈 수 있을 것이며, 또한 오늘의 독자에게 친숙한 작품이 될 수 있을 것이다.

초간본의 재출간 아이디어를 최초로 낸 사람은 열린책들의 홍지웅 사장이다. 그분의 남다른 문학 사랑과 출판 감각 그리고 이 작업에 대한 전폭적인 지원에 존경심을 표하고 싶다. 그리고 시집 선정과 표기 수정 및 기타 작업은 이혜원, 신지연, 하재연 선생과 팀을 이루어 했다. 이분들의 꼼꼼함과 성실함에도 존경심을 표하고 싶다. 이 총서가 문학 연구자들뿐만 아니라 일반 독자들에게도 널리 그리고 오래 사랑받기를 바란다.

이남호

한국 시집 초간본 100주년 기념판

백록담

지은이 정지용 정지용은 1902년 충청북도 옥천에서 태어났다. 휘문고보를 다니면서 문학에 관심을 가지기 시작했으며 일본 도시샤(同志社) 대학에서 영문학을 배웠다. 일본 유학생 잡지 『학조』에 「카페 프란스」 등을 발표하면서 본격적인 시작 활동을 했으며 시집으로는 『정지용 시집』과 『백록담』을 남겼다. 한국 전쟁 중 납북되어 이후 행적은 알지 못한다.

지은이 정지용 **책임편집** 이남호 **발행인** 홍예빈 · 홍유진
발행처 주식회사 열린책들 **주소** 경기도 파주시 문발로 253 파주출판도시
전화 031-955-4000 **팩스** 031-955-4004 **홈페이지** www.openbooks.co.kr

ISBN 978-89-329-2219-5 04810 **ISBN** 978-89-329-2209-6 (세트)
발행일 2022년 3월 25일 초간본 100주년 기념판 1쇄

초간본 간기(刊記) 인쇄 쇼와(昭和) 16년 9월 13일 **발행** 쇼와 16년 9월 15일 **정가** 1원 80전 **저자** 정지용(경성부 북아현정 1-64) **저작 겸 발행자** 김연만(경성부 종로2정목 100) **인쇄자** 이상오(경성부 인사정 119) **인쇄소** 대동인쇄소(경성부 인사정 119) **발행소** 문장사(경성부 종로2·한청비루 내) 진체(振替) 경성 25070번